PRESQUE...

DU MÊME AUTEUR

Aux éditions Caractères

Rêves et cauchemars, 1982

Demain ensemble, 1985

Des yeux noisette, 1994

Cendres d'amour, 1999

Aux éditions Les Auteurs Libres

Parfois j'ai l'âme qui pleure, 2011

Aux éditions Crispation

Égarements chemin faisant, 2013

Bernard LAUREAU

PRESQUE…

Les
Auteurs
Libres

ISBN 978-2-919569-22-9

Tant de bouches ne parlent presque que par exclamation
Charles Louis de Secondat, dit Montesquieu
Lettres persanes 73

Puis la porte à jamais se ferma sur le vide, et l'ortie envahit les cours...
Alphonse de Lamartine

À Claude

BOURDONS EN NOTRE-DAME

Ah, aux tours de Notre-Dame
Se sont réunies neuves robes de bronze
Pour chanter la pureté des âmes
En chœur de notes fortes et rondes

Ah, vol des bourdons, en grappes
Carillonnées, plus haut que le vent
Ne sème de futiles quêtes priées,
Vient aux cœurs inquiets sonner le glas,

De mille ans d'histoire vigile présent,
De pierres qui gargouillent aux averses,
De prières de paix mises à l'encan,
De glas en tocsins, de cœurs en liesse ou en détresse…

De la maison de Dieu à l'intime secret de chacun,
Que chantent cloches et bourdons !
Que se fixe à leurs battants d'airain
L'impalpable du temps qui ne laisse que cendres !

Ah, que de missions déjà en leur ventre !
Que de lourds fardeaux déjà en leur devenir,
Pour mille ans de bonjours, pour sceller des amours,
Pour clamer aux mondes alentour l'éternité de l'instant !

ANGE GARDIEN

Ce fut presque
L'heure de passer la porte…
Au fil du millefeuille de l'aorte
S'est égaré mon sang…
Je crois, mon ange gardien
S'interposa et, par
L'excellence de sa protection,
Le sang ne brisa pas l'ultime rempart !

Ce fut presque
Mais ce ne fut pas !
Dix ans de vie en sursis
À vivre autrement,
À reconnaitre l'important
À s'initier au départ sans drame
À parfaire le bagage
À n'élire que l'absolu, à se défaire du superflu
À n'entendre de la rue que le feulement secret des chants inaudibles :

Le tricot d'une araignée, la pluie de rosée au long d'une
vitre, le cliquetis d'un câble de vélo…
Les mirages aux paupières closes
Le déni, la colère, la peur, l'abattement…
Quelques heures, plusieurs jours, des mois durant
En quête de soi, en compte de foi
Presque…
Mais la vie !
Mais la soif de vie !
Et le tam-tam de l'artère qui bat la mesure,
Et l'imparfaite nécessité d'être, en chemin, voué à
l'inéluctable devenir d'un homo-sapiens parmi les siens.

BÂTIE SUR LE SABLE

Bâtie sur le sable,
Battue par les vents,
Ma pensée s'attarde en vaines joutes
Dont elle revient fort anémiée !

Courant d'air entre les oreilles,
Passe le fil des mots perdus,
Acéré comme une dague,
Ne laissant que des bribes déjà muettes et des flots d'amertume.

S'échappe le temps, celui des extases
Celui des galops, celui des folies
Que froide raison ne savait tenir,
Dont croyance contredisait l'envie !

Changer de désirs, choix obscurs
Du dédale de neurones surexcités,
Prendre le temps d'être soi,
Contrer les slogans affichés, remonter le courant
Seul
Face à sa propre conscience
Et persévérer.

Ma pensée s'attarde dans le doute quand ma main ose l'inaccessible,
Fantassin au 15-2 : *Ne pas subir* !
S'obstiner ? Dans l'erreur ?
Hé ! Au prisme des couleurs, multiples sont les nuances !
À la fin l'homme n'est que ce qu'il a fait.

CRIER

Crier, certes, mais en sourdine !
Beugler ne vous sert de rien,
Sauf à vriller mes tympans
Par d'infâmes agressions !

Silence, il me faut du silence !
Pas celui des bouches closes
Ni celui des fenêtres obturées
Moins encore celui des fosses

Non, il me faut le silence
Du cœur sans querelle
Et celui du retrait des mondes
Et encore celui des forêts enchantées.

Oui, il me faut le silence
Partagé des musiques écoutées,
Le silence enrichi
Des renoncements,
Le silence ennobli
De zéphyr auxiliaire,
Complice nonchalant des voyages solitaires,
Le silence de la fuite du temps
Puisqu'on le vit seul, comme l'on vient en naissant, en criant.

BÉAT D'AMOUR

Béat d'amour

À voir partout flotter des guirlandes de noël au fronton des prisons,
À lisser toujours le revers des sous-entendus,
À glisser au creux des bras tendus,
À se fondre dans le miroir de l'autre comme les sels en l'eau du bain,
À s'enfermer des jours et des jours pour chercher l'issue de l'inéluctable,
À aimer l'insupportable,
À se griser d'Angel, à s'abreuver d'elle, à s'immoler, à se damner…
À heurter sa porte du front pour n'y plus s'écarteler…

Béat d'amour,

Hors du temps, au-delà, au-dessus, extirpé d'ordinaires factions,
Exilé aux illustres horizons de l'extase
De feu, de bleus, de cieux acquis, de remous exquis ;

Béat d'amour

Non-sens interdit, idiotie, addiction sans issue,
Bien plus puissant que puissants narcoleptiques,
Qui fait ramper, pleurer, supplier,
Absolue décadence, effroyable souffrance
Qui fait rugir et puis courir,
Errer, tomber…
Et revenir…

Béat d'amour

D'une seconde à l'autre surpris,
De l'aube au crépuscule enseveli,
À jamais…
Toupie à la danse désarticulée sur le tapis vert des amours improbables,
Vouée à l'inexorable loi de la gravitation.

BOÎTE À MAGIES

Boîte à magies,

Espace secret de mon enfance
Où, assis sur les stères de bois empilés,
Je lisais…
Le bûcher était mon royaume,
Mon lieu de solitude, de misère,
De prières et de rêveries extraordinaires
Faites de nuages blancs comme des chevaux,
De chants tribaux revenus du fond des âges,
Ou de rivières d'étoiles aux beaux yeux des filles…

Boîte à magies,

Sous la carcasse d'une antique carriole
Abandonnée, debout contre le mur de pierres,
J'avais un abri sûr, un donjon,
Un fastueux bastion
D'où je lançais des assauts contre l'invisible,
Des batailles qui n'eurent jamais de fin,
Des voyages à revivre demain…

À califourchon sur un bout de bois,
Je lisais…
Sourd aux appels de maman,
Affamé des mystères à venir,
De l'autre côté de la page,
Absorbé par les mots aux multiples facettes,
Je lisais des feux d'artifices,
Des bouquets de rêves diurnes,
Comme ces traces blanches dans le ciel au passage des avions à réaction…

CLAUDE

Claude… six lettres indélébiles,
Six lettres pour un prénom si doux à mon cœur
Six lettres ancrées à jamais en mon être,
Pierres précieuses enchâssées en mon âme…

À la vague du temps, nos cercles de vie ont drainé leurs faisceaux de lueurs,
D'émotions en froideurs, de soucis en couleurs, de voyages en labeurs
Il y a si longtemps que je t'aime…
À l'aune du temps, nos reflets imprimés au revers de chaque jour
En ont coloré la trame et la chaîne, dès l'enfance…
Et ces richesses closes, ces inépuisables réserves d'énergies
Mesurent ce qui nous reste.

Les rêves ne se gouvernent pas, ils sont.
Au fil de leurs éclaircies – brillantes clairières en forêts de présent –
Je me suis égaré souvent, volontairement, en quelque sentier fleuri
Comme pour y pister ces parfums de tendresse partagée
Sans jamais les atteindre.

Aux détours, surgirent impromptus
l'ardeur et l'innocence, la peur et l'insolence,
Les silences du cœur, les carnets pour chaque heure, les pas en avant vers l'ailleurs
Et ces riens qui tricotent le bonheur, et ces liens qui ligotent par erreur…
Et la vie qui n'apprend que la vie…

Claude… six lettres puissantes pour fondations,
Celles qui demeurent, celles qui résistent
Et disent longtemps les merveilles portées…

CONQUÊTES…

Par dicton *« le meilleur moment de l'amour est lorsque l'on monte l'escalier »*
La sagesse populaire abrupte ainsi résume la conquête… l'attente… la traque, la chasse.

…

Chasser, humer, flairer, pister, débusquer la proie, la forcer en son gîte,
Percer son mystère, se l'approprier, absorber sa force et son énergie
Avec pugnacité, sans émotion, attendre, persévérer, déployer des trésors d'ingéniosité pour l'approcher, pour l'apercevoir, le temps d'épauler, de viser, de tirer, de tuer.
Ou, à l'affut, attendre, guetter, terré en quelque trou, attendre jusqu'à l'instant où la lame à la main
Il sera possible de lui trancher la gorge, avant de la dépecer suspendue à quelque branche basse…
Conquêtes, trophées, tableaux de chasse…
Pour manger, pour plastronner, pour évincer, pour éradiquer.

Conquête
Suivre un parfum, une silhouette, un rire, un charme singulier, se pavaner,
Faire la roue, inviter, pérorer, sourire, triquer, séduire.
Séduire pour séduire, pour le plaisir,

Pour ferrailler le temps d'une levrette le cul de la belle soubrette,
Séduire au risque de déplaire, pour l'orgueil,
Pour satisfaire au réflexe de l'espèce,
Pour féconder l'histoire, pour un fils héritier, pour la mémoire du père…

Conquêtes
Séduire pour dominer, pour s'exprimer, pour s'abuser,
Pour le doute, pour l'ennui, pour rien,
Conquête par habitude, par dérision, par mépris de soi et de l'autre, par l'addiction de celui qui reprend une autre cigarette, juste pour l'allumer, puis en tirer trois bouffées avant de la jeter au sol et de l'écraser d'un talon rageur…

Préparer l'assaut de longue date, mentir, duper, espionner, avancer ses pièces sur l'échiquier avec circonspection, mesurer, anticiper, sacrifier quelques pièces, même fortes, mêmes préférées, trahir,
Aligner aux frontières de la décence, les divisions du déshonneur
Aligner aux frontières de la prudence, les divisions de panzers
Chars d'abord sans tourelle ni javelot, désarmés,
Mais chars peints, aux armes du maître, à l'écu d'or et de sang,
Chars préparés pour la parade, pour la terreur, pour la ferveur,
Chevaux de Troie embusqués dans la peur, déjà vainqueurs,
Et des rangs de soldats déjà morts, et l'absolu de l'immonde,

Et, lâchetés du monde, les regards qui se tournent, les feux du désert,
L'inexorable marche des fourmis légionnaires, et dans leur sillage,
La litanie des éclopés, des soumis, des violées, des traitres, des survivants…
La vive sève du conquérant qui féconde à son image lieux, vies, us et coutumes
La race nouvelle d'enfants
Nés d'un champignon atomique, nés d'une aube radieuse,
L'élan du destin sur son erre…

Conquêtes
Physiques, spirituelles, morales,
Combats, dégâts, chemins de Croix, trépas,
Conquêtes des terres, des vies, des cœurs, des âmes
Quête de l'immortalité,
Quête de la puissance terrestre pour défier la puissance de Dieu

Vanité, tout ne serait-il que vanité ?

Conquêtes,
Pourtant inscrites dans l'Histoire
Fragiles, vulnérables…
Nobles conquêtes : Liberté, libertés, libertés
Liberté d'être, égal, entier, imparfait, singulier.
Libertés de penser, d'agir et d'entreprendre, de circuler, de se réunir,
De se défendre en droit,

Vive la République !
Libertés de conscience, libertés de choisir, d'élire, d'aimer…

(quoi qu'il reste encore trop de chemin à parcourir avant que nulle femme ne soit terrorisée, lapidée et mise à mort pour avoir choisi seule l'homme qui partagera sa vie…)

Libertés acquises par la force (révolutions) ou par la non-violence et l'obstination de quelques hommes (Gandhi, Victor Schœlcher, Jean Moulin, Martin Luther King, ce diable d'étudiant qui stoppa un char place Tien Anmen en se dressant debout devant lui, Nelson Mandela…
… et tant de héros morts pour la Liberté de la France à Verdun ou ailleurs)

DIS-MOI

Dis-moi tes rêves quand le jour se lève
Dis-moi le fil des jours et le sens de l'air
Et tous ces multiples de l'être adossés à des murs
Comme des brandons échappés de l'enfer…

À l'envi, se saisissent les peurs des peurs enfouies
Et grondent leur tumultueux ressac contre
Le miroir de l'hier fastueux
– Simple défoulement de sauvegarde –

Qui dit le rien du dedans des pensées, qui dit
Les bruits crus que ferraillent les cages
Où s'empilent de possibles exploits
Qui dit l'amer éclat du soleil interdit

Comme passent les lumières du tunnel
En flash syncopé que l'œil refuse d'instinct,
Comme passent les saisons, les eaux, les frissons,
Et tous ces échos que la vie amoncelle en chemin…

Dis-moi à quoi servent les éveils en sursaut
Quand passent les bennes sales
Avant de celer sous le sable des monceaux de rejets
Dis-moi le prix des années délétères

Dis-moi le joug qui pèse sur ta nuque
Dis-moi que tu vas bien en dépit du bon sens
Dis-moi que tu ne rêves plus…
Dis-moi, sur la pointe des pieds,

Que tu n'es pas venu…

ÉCLORE

Éclore, malgré soi,
Renoncer au bien-être
Du dedans, emmitouflé de candeur ;
Éclore – il se doit –
Comme mûr le fruit jette en terre
Au hasard son futur ;
Éclore, délicat,
Hurler à pleine voix
Pour s'entendre la première fois ;
Éclore, nu, laid, seul,
Dans la terre ou la soie,
La misère ou l'espoir ;
Éclore en printemps
De Bourgogne, chemin
De fleurs et de ronces,
Éclore chaque jour
En chaque lieu, en chaque cœur
Primevère, pensée, coucou…
Éclore, éphémère,
Partir ventre à terre
À l'assaut de la mort ;
Éclore d'ordinaires
Mots du dictionnaire,
Improbable chimère …

FRACTURE

Fracture, le fracas de mots flagelle les pensées,
Les jeunes huent leurs ainés hébétés,
Eux qui avancèrent droit devant, sans piper,
Eux qui déchantèrent arrivés au quai.

Les jeunes sont juges impertinents,
Eux qui n'héritent que de continents d'ordures
Ondulants aux flots morts des océans,
Eux qui en porteront le fardeau impur.

Les jeunes, démunis en dépit de l'appris,
Si jolis pourtant en leurs douillets habits,
Se heurtent à des murs si hauts que l'avenir s'y brise,
Sisyphe condamné à peine originelle…

Assis main tendue au pourboire du dédain
Teigneux à crever tous les yeux du chemin
Écœurés à s'en remettre à d'extrêmes pulsions
KO debout, de combat interdits, frustrés…

Ou jeunes audacieux, fiers de vigueur intacte,
Initiateurs de voies nouvelles, osant demain dès aujourd'hui,
Prenant la vie de bouche goulue, allant
Hardiment prendre au vent la glisse vers le tube…

Ces ans si beaux si lisses, aux vertus si plates,
Aux interdits si présents, aux élans bouchonnés,
Aux rires aseptisés, aux pisses de pierre,
Aux glaces fondues par l'haleine des villes.

Spacieux palaces pour milliardaires,
Sordides favelas lieux de misère,
Ces ans
– graines mortes de l'histoire universelle –
Juxtaposent
Haines, envies, luxure et décadence !

Ces ans de transition meurent de langueur.
À la chrysalide du temps
Les mutants de l'espèce
Oscilleront
Aux branches étoilées de la rose des vents.

IL N'Y A RIEN DE CERTAIN…

S'il suffisait d'une larme de ciel
Pour emplir la cale sèche des cœurs,
S'il suffisait du retour d'une épaule
Pour effacer l'ennui des discours,

S'il suffisait de rompre le cours
Du temps qui voyage sans nous,
S'il suffisait de porter en un sac
Nos talents et nos insuffisances,

S'il suffisait encore de parler
Et de parler encore pour dénouer
Les nœuds de l'écheveau quotidien
Pour être là, présent, content,

S'il suffisait de résister aux tensions
Électriques du besoin d'avoir,
S'il suffisait de nier les tentations
Organiques de l'envie de faire,

S'il s'agissait de renoncer enfin
À être, debout, en avant, vif,
S'il s'agissait, en fait, de la main
D'éloigner peurs et convictions…

Peut-être, alors, jaillirait la perfection,
Peut-être, alors, serait-ce l'illumination…

Mais, Dieu merci, il n'y a rien de certain…

LA PLUIE SUR LES LILAS

La pluie sur les lilas danse à petits pas
Mai est là déjà
Tu alma me aparecen
Voilà, je ne sais pas
La couleur du soleil
Quand tu n'es pas là,
S'il est bleu, s'il est pâle,
S'il est vieux ou bancale,
Je ne sais pas devant
Ni les quatre vents,
Je ne sais pas l'avant,
Je ne sais depuis si longtemps !
Depuis que la terre l'a reprise
J'ai froid tout le temps
Je grelotte en dedans
J'éparpille mon temps
Je fissure mes ans…
Je ne sais pas comment
Te dire ça, … maman…

INGÉNUE

Surpris par le ruban bicolore au mitan de l'avenue
(Qui siffle et qui claque aux vibrations de l'air
Comme pour rythmer le cours des vies en son aire)
L'enfant cria le nom de son chien : « Ingénue » !
Mais Ingénue trottinait devant, battant le fouet,
Reniflant les traces de sang…
Et l'enfant pleura au mitan de l'avenue.

Des oriflammes bicolores pendent aux réverbères
Aux jours de fête.
Des moineaux insolents picorent au pied des bancs
Pour des miettes.

Le silence qui suit la mort enlise les raisons…
Rien… tout… mais pitié, après !
Si le glas ne sonne plus
C'est qu'il dérange le vivant.

L’enfant n’est qu’un enfant, son chien n’écoute pas.
Les hommes en blanc, les hommes en rage,
Chiffonnent des instruments, cisaillent des monuments
Des fers tordus, des prisons, des cages
Thoraciques

Ingénue se fait botter le cul !
« Il est à qui ce clébard » ? demande le casque de lumière
aux oriflammes dessinés dessus.
« Il est à moi » dit l’enfant en reniflant
« Alors ramène-le chez toi, vous n’avez rien à faire ici ! »
L’enfant vomit au mitan de l’avenue !
… Ingénue vint lui lécher le visage.

LE CAMION RUTILANT

Le camion rutilant entre neiges et bitume
Comme boa constrictor savourant sa proie,
S'enroule aux lacets du col et passe
Avec l'acharnement d'un percheron au labour.

Il fume, il peste et pue son cambouis et son fuel
Même s'il semble propre et pimpant
Guilleret comme l'âne qui rit et qui brait,
Agile comme le sont les lutteurs mongols.

Des vallées de Savoie il franchit les antiques passes,
Des alpages il apeure les marmottes joueuses,
Des nuages laiteux il s'approche sans crainte,
Des ravins il frissonne les abords empierrés.

Le camion rutilant, rouge et or à l'étoile chromée,
Sous le doigt expert du bonhomme confiant
Avance comme il se doit. Calme et droit.
Le camion rutilant avance obstinément.

Il emporte des choses avec des trucs
Dedans, et des caisses avec des clous
Dessus, et des hommes avec des plaies
Dessous, et leur labeur, et leur sueur.

Il transporte des bêtes en cage, des herbages
Des céréales, du bitume, des enclumes,
Non, il n'y a plus guère d'enclumes !
Des espèces insolites, des chenilles à rouages…

Des lies de vies… des traits de crayon,
Des idées folles, des pensées mortes,
Des espaces encombrés, des voyants rouges,
Des défauts maquillés, des maisons sans porte.

Le camion rutilant n'est pas responsable.
Il avance obstinément. Roue après roue.
Le camion rutilant navigue au GPS
Droit devant, pétant, soufflant, satellite du satellite…

Le camion rutilant nous apporte porte à porte
Ce carré de dentelle qui manquait à nos dessous,
Ce carré d'échine de porc extra à cuire à feu doux
Ce liquide sans gras à laver notre sale vaisselle…

LE CHEVAL FOU

Le cheval fou n'aimait pas sa robe ! Il piaffait de rage, il hennissait fort, il ruait, ses naseaux ronflaient, grondaient ! Mais rien de rien ! Point ne tombaient ni sa robe, ni ses balzanes dépareillées,
Ni cette pelote étoilée ridicule au méplat de son auguste front !
Cette affreuse robe ni ne blêmissait ni ne noircissait et lui, étalon fier et orgueilleux, il souffrait le martyr
Sous son haillon détestable !

Il enviait tant celle multicolore du papillon qui vivait au champ de trèfle voisin, ou celle de ce zèbre aperçu un bref instant dans l'enclos du cirque installé sur la place du village ; Il enviait celle de cette vache charolaise au cul bouseux dont on lui imposait la cohabitation ; il enviait même celle de cette pie voleuse de cerises dont les jacassements perfides dans le ciel l'agaçaient pourtant ; il enviait encore celle de ce mulot culotté qui venait chaque jour lui voler un peu des épis de maïs oubliés devant lui !
Ah non, le cheval fou n'aimait pas du tout sa robe !

Oui, fou… fou d'amour et de désir pendant pour cette pucelle de jument verte qui l'ignore avec dédain et qui file son chemin sans se retourner … fou d'amour et de désir ardent pour cette lubrique ânesse grise qu'il poursuit depuis des jours et des jours sans pouvoir la rattraper …

fou d'amour et de désir impatient pour cette pouliche toujours sous la garde cinglante des sabots de sa mère ! Toutes ces frustrations, toutes ces humiliations à cause d'une robe ridicule aux yeux de ces dames !

Ah que n'avait-t-il cette crinière coupée en brosse qu'arborent avec morgue les chevaux de parade ?

Ah que n'avait-t-il ces damiers finement dessinés sur sa croupe ? Et ces tresses fleuries ornant sa queue proprement brossée ? Et ces grelots de laiton à son encolure pour marquer le tempo de son galop de prince des prairies ?

Ah, se baigner dans l'eau sale du gué ! Se rouler, se vautrer comme sanglier dans une bauge de boue bien grasse !

Et puis s'étendre au soleil, sur le flanc, la tête des oreilles jusques aux naseaux enfouie dans la luzerne fraîche !

Ah, se lever enfin, droit comme un I et défier en combat de sabots vernis ce fichu bonhomme rigolard mal rasé qui presse boutonne fiévreusement la vieille machinerie grinçante ?

Mais quand le descendra-t-on enfin de ce carrousel pour enfants turbulents qui lui brisent sans arrêt les côtes De leurs talons imbéciles ?

Mais quand se rendra-t-on compte que ce bois dont il est fait s'écaille lentement ?

Et que se fendille son échine ?

Et que borgne il ne voit plus que de l'œil gauche depuis que le droit lui a été gratté par la lame d'un canif assassin ? Et que bientôt il finira probablement comme planche de salut pour pommes de terre au fond d'une cave humide !

Malédiction ! Tourne, tourne manège !
… le cheval fou n'aimait pas sa robe…
pourpre d'un côté,
mauve de l'autre…

ITINÉRAIRES

Itinéraires intimes de la pensée
Traversée de plaintes lancinantes
Sauts vers l'éternité des rêves,
De ces zones réservées d'où l'on ne revient
Que le ventre vide mais affamé, en manque
De folles embardées, en manque de grâces aperçues
Dedans la cadence bleue des lumières d'un tunnel ;
Itinéraires solitaires vers l'idéal d'un destin
Inéluctable… portillon entre deux vides
La vie la mort, portillon entre deux rives
Le jour la nuit, portillon entre deux êtres
Dos à dos, qui s'ignorent en chemin.
Itinéraires du pèlerin vers son Graal
Chargé encore de son trop d'égo,
Abusé des certitudes communes
Qui ont fait de sa vie un confort ordinaire,
Aveuglé de néons tapageurs, idiot
À force de sa volonté d'être un,
Un égal au moins, mieux au mieux, pire presque,
Un cube de la boîte de Lego, rouge, ou jaune, ou bleu,
oui, bleu c'est bien,
Un glaçon à fondre dans le breuvage doré,
Une note du concert universel, ronde, blanche, noire
Un soupir à son dernier soupir… évasion
Par la fenêtre, hop, du haut du rêve, dernier étage avant
l'antenne du relais des transmissions,
Plongée en apnée vers l'appel de la terre !
…

Oups, je suis encore tombé de mon lit !

LE SEXE TROUBLANT DES DAMES

Le sexe troublant des dames est un gouffre
Où se perd et se damne folle jeunesse
Qui s'y jette sans retenue pour des années de vide sidéral
À l'ombre, comme vont au puits les soifs aveugles,
Déjà soumises, déjà déchues, déjà passées du désir à l'ivresse…

Le sexe fondant des dames est un arc de triomphe
Pour glaives ensanglantés, victorieux d'éphémères joutes
Pieux ornement de carrière conquérante, piètre emblème
De saccades opportunes, vain secours aux mâles qui doutent ;

Le sexe béant des dames est porte de la vie,
L'origine du monde, le passage de lumière
De tous ambitieux projets d'avenir, le chemin
Inédit à chaque fois, de toutes éternités, de toutes humanités ;

Le sexe radiant des dames est le mystère originel,
L'audacieuse survie de l'espèce, l'inépuisable silence de Dieu,
L'impétueuse traversée des espaces désertiques,
Le lacet de l'histoire, le printemps et l'hiver, l'accueil et l'adieu ;

Le sexe puissant des dames ressemble à s'y méprendre
Aux ultimes frontières vers la folie… ne reste qu'à en vouloir
Humer les orages, ne reste qu'à s'en barbouiller de tendre,
Ne reste qu'à l'oublier le temps d'y semer l'espoir ;

Au sexe brûlant des dames n'est gloire d'homme
Qui ne fasse prière, qui ne fasse pitié, qui ne quête fortune,
Rime aléatoire d'un pas de deux, etrange comme
L'aveu que rien d'autre ne saurait être mieux.

LÉGÈRES

Légères, la jambe frôle, la main libère…
Dessous, il obéît… Non, il n'obéit pas… il coopère !
Comme une danse… l'épaule glisse…
le pas se presse… le pas se compte…
Parfois la perfection… souvent l'attention,
toujours la confiance,
Flexion, équilibre en avant… sans trêve se répète l'exercice…

Dans un flux d'harmonies, cadences de vie en parallèle,
Monture et cavalière mesurent le temps du même cours,
De diagonale en volte, ensemble, unis, libres…
À lui la force, à elle la souplesse du bassin qui le suit dans
l'allure…

Comme se susurrent les gestes d'amour, pressentis,
Il suffit de l'idée seule du mouvement… l'électron
File au long de l'échine, sur les flancs, le wifi,
Étincelle subtile et fugace entre deux êtres à l'unisson ;

Aux heures de travail succèdent tant d'heures de travail
Patient, calibré, rituel d'apprentissage, cœurs à nu.
Qui apprend l'autre ? Seul à seul, sur la sciure ou le sable
Dans le silence, aux élans contenus du galop installé…

Ici point de mots, ou si peu, un vœu, un murmure
Évadé de lèvres sèches, un ronflement de naseau,
Au calme… là… au pas… et la main au gras de l'encolure
Comme un baiser, comme un merci, comme un soupir…

Instants de grâce… comme danser avec les dieux…
Instants évadés du présent, suspendus, ici,
Au point d'orgue, tout l'univers est réuni, essentiel,
Bien réel, en partage : soumission, rédemption.

LES CAMELOTS DE LA FOIRE

Les camelots de la foire sont venus les bras lourds

D'illusions…

Par brassées, épées de bois, armures de carton,
Lumignons, bonbons, fanfreluches dorées
S'amoncellent dans les échoppes de

Fortune ;

Les baladins dansent et chantent,
Leurs tambourins, leurs cornemuses
De tous lieux de tous âges de toutes

Factures,

Sonnent résonnent appellent câlinent
Manants et badauds, enfants et gogos…
La cartomancienne a toutes les audaces,
Ses augures rassurent, ses secrets se livrent à mots

Feutrés,

La ville cultive sa nostalgie entre ses remparts qui se désagrègent. Pour ses gens

Désœuvrés,

La ville se vêt de pendeloques bariolées signes de liesse…

Molle !

La ville se les gèle…
La ville, pieds enchâssés entre les antiques pavés de grès ne sait plus

Avancer…

La ville du haut de ses tours fêlées ne sait plus

Respirer…

La ville se meurt… la ville a peur… la ville hésite… la ville apprend… la ville tâtonne… la ville

Bourgeonne…

Vieilles pierres ne sont que décor sépulcral… sans âmes

Conquérantes,

En ses venelles les plus humbles cheminent maintes idées, neuves, novatrices, ambitieuses, folles,

Joyeuses,

En ses profondeurs obscures, rats de caves, chandelles, lanternes sont

Psychédéliques,

Les mains ne s'y tendent plus, elles empoignent la vie avec

Audace !

Las de jouir en vain, las de s'estropier la cervelle, les mutins sont là,

Debout !

Ils hurlent leur colère

Rouge !

Des vieilles rengaines se feront des vivat !
Des vieilles pierres se feront des allées !
Des vieilles défroques se feront des drapeaux !
Des vieilles idées se feront un chantier de

Matériaux

Et, nus, ils réinventent un monde
Oui… un monde… leur monde _ _ _

(pour soulager votre faim de fin, veuillez ajouter votre mot préféré :

nouveau / meilleur / pire / juste / carcéral / injuste / étriqué / erroné /

parfait / équilibré / libre / enchanté / ordinaire / pétrifié / déshumanisé /

fraternel / ignoré / absurde / éternel / impossible / idéal / beau / laid / …)

Liste non exhaustive !

Biffez les mentions inutiles, et réveillez-vous, c'est l'heure d'aller travailler !

MES AMIS

Mes amis sont un tricot de brins de ça, patiente et paisible
dérive de temps, imperceptibles musiques des cœurs,
invisibles chemins, invincibles refrains…

Mes amis sont un faisceau de moi, drains de gouttelettes
de vie, de sang, de songes, de chants, de bonheur,
d'harmonie de l'instant, de génie apaisant…

Mes amis sont en voyage, pas à pas, d'ici de là, de mois
en mois, confiants, riches de réponds, de prénoms en
prénoms, comme priés par la force du vent…

Mes amis sont ces clés de liberté qui persévèrent quand le
puits s'assèche, qui vocifèrent sitôt que la flamme vacille,
qui jaillissent si vite que l'écho du tourment,

Mes amis sont ces énergumènes-là, panache blanc, blason
de haute noblesse, singuliers compagnons de haute liesse,
vieillis maintenant, encore plus précieux qu'avant…

MUSIQUE !

Musique !

Tout va mal, France tourne de l'œil ; fanfaronnent et plastronnent les édiles !
Tout va mal, France est en deuil ; vacillent les élites, s'évadent les habiles !

♫

Musique !

Trente années de dérive face aux icebergs sur les flots boueux du monde !
Trente années de théâtre de rue, bonneteau, oukéti, oukéti !

♪

Musique !

Les oreilles et la queue ! Peuple sourd, peuple émasculé !
Dérive magnétique
De la boussole du bon sens commun, droit dans le mur en chantant !

♫

Musique !

L'apparence, le look, la frime, les paillettes, l'argent facile, les bobos !
La lèche, la baise, la gratte, le piston, la gueule, la tchatche, les cadeaux !

♪

Musique !

Le ciel est tombé sur nos têtes, tempête qui rase les habitudes,
Tornade qui vrille les repères, raz-de-marée qui noie les certitudes !

♫

Musique !

La tête est sous l'eau, le corps social déjà se désagrège,
Des urnes déjà s'exhalent des puanteurs putrides,

♪

Musique !

Nacht und Nebel ? Nous n'en sommes pas là
Mais…
Non, prier certes peut nous apaiser…. Mais Dieu ne peut rien pour nous !
Debout ! Aidons-nous et le ciel nous aidera… peut-être…

NOUER DES FILS

Nouer des fils, c'est facile…
Parfois s'effeuillent les désirs
Intimement tracés du bout des doigts,
De volatiles caresses
En longs frissons qui passent dans le dos
Et qui dansent sur la peau ;
Parfois chante le bonheur
Chaque mot de chaque lèvre
Chaque lot de roses printanières
En annoncent les prémices puis en signent le zénith ;
Parfois, oui, parfois
Tant de chaude lumière soulève les poussières
Au regard des fenêtres,
Qu'au chemin qu'elle promet
C'est alors ton âme qui m'apparait,
En pointillés, entre mon œil et le soleil…

ORTIES

En retirant ses vêtements, lentement, doucement puis en caressant sa peau soyeuse,
Je connu ces battements de cœur qui font vivre en danger,

S'exposer, nu mais confiant, traverser les allées d'orties et de ronces,
Marcher sur les braises, se percer les joues d'une pointe vive
Et sourire, avancer dans sa bulle, planer par-dessus sa vie
Pour s'immoler au temple d'amour…

Ne riez pas ! Mais pleurez si ce chemin de douleurs vous fut épargné !

La vie passe si vite, le temps qui reste ne peut être que ralenti, hésitant,
Celui d'un cueilleur de rêves insensés, celui d'un vagabond égaré.

Les chants qui se perdent dans l'écho des souvenirs
Ne disent rien ou si peu des silences partagés,

Les mots fanés se recroquevillent entre les pages
Et l'histoire s'en échappe, libre
Vers l'extraordinaire…

À la fin de la pièce, souvent, tombe le rideau sur des rires en larmes…

OÙ IREZ-VOUS ?

Où irez-vous dormir ?

Dormir, dormir, il y a toujours un vallon en primevères,
Un mamelon pour des lèvres gercées,
Un concert qui se donne à l'orée de l'hiver,
Un plaisir tout neuf à aimer, un soleil au ciel encagé…

Où irez-vous guérir ?

Guérir sans subir n'est pas défendu ! Expire
Ce juron qui te mine ! Vois donc alentour qui
Va pis que toi… qu'oseras-tu lui dire ?
Dormir, dormir, ce n'est pas le pire !
Il y a toujours un cri qui te réveille, hagard,
Un autre qui te peine, un râle, un rire
Qui te pourfendent de la nuque aux orteils !

Où irez-vous vieillir ?

Mourir ? Vous voulez rire ! Je n'y songe pas !
Ce grain noir sur la peau n'est pas signe de deuil,
Ce hoquet dans mes mots n'est pas signe de vieil !
Tu pues, tu sièges plus que tu n'es, tu tues !
Tu rappelles ce nerf sciatique qui agace le mollet,
Tu n'es pas espace vital, tu n'es ni moi ni le reflet de moi,
Tu fuis, tu pues tel le gaz au creux des mares soufrières…

Où irez-vous ?

Je sais des prés à l'herbe tendre où t'aimer,
Je sais des heures finies sans pleurs ni regrets,
Je sais des brins de vie tissés en boucles solitaires.
Je sais l'errance des vertus, je sais l'immensité du silence.

Où êtes-vous ?

Ici, près du cœur, à l'intérieur

En nœud serré.

OUVRIR

Ouvrir, fermer,
Allumer, éteindre,
Aller, revenir,
Errer, dormir,
Entrer en lumière
Persiennes ouvertes
Paupières closes,
Divaguer, rêver,
S'accrocher au néant,
S'arracher du dedans,
Étreindre l'univers
De Hubble vers le Jour,
De demain vers hier,
Passer, transparent
Infime, ou rien,
À peine, ou presque,
Aspiré, distillé,
Esprit, échange,
Soupir, silence…

Entrer en lumière,
Entrer en prières,
Corps et âme…

SOIES BLEUES

Mais, dis-moi, as-tu mis à ton cou
Ces soies bleues du silence des mers ?
As-tu pris dans ta main ce carré de nous
Pour le souffler vers le bout de l'hiver ?

As-tu choisi aux recoins de ton aire
Ces espaces où le rêve vient naître,
Ces détroits à l'échelle vers le nid
Où étendre le futon étroit de la rancœur ?

As-tu déjà épinglé aux parois lisses
Les regards enamourés trop perdus pour pleurer ?
As-tu dansé au halo de la lune les pas glissés
Entre l'empire du faire et la jouissance de l'être ?

Sais-tu que les mots les plus sots,
Ramassés en brocante, dénichés par hasard,
S'ils sont rassemblés en fuseaux marquetés
Se disent secours d'urgence à portée de retard ?

N'aies pas peur…

PAR CONVICTION

Par conviction ! disent-ils… pfff
Par ambition, mercantile ou non, imbécile ou non,
Pour s'écouter parler, pour se plaire,
Pour finir entre les bords dorés d'un tableau d'honneur,
Pour clouer au pilori le second, l'autre qui pèse et qui tue aussi !
Le système public est une île,
Un enclos pour élites volatiles,
Un cénacle pour énarques pédants !
Secret défense, secrets d'états,
Affaires de hautes gesticulations,
Affaires indicibles au menu fretin,
Affaires qui explosent soudain
Balayées du revers de la main,
Affaires qui clouent le citoyen !
Ah, combien de capitaines indécents
Brisèrent au roc le vaisseau républicain,
Noyèrent là leur honneur au ruisseau

Sans rougeur ni remords ni sanctions ?
Ah, que de mots pour enrubanner le sac,
Ah, que de pets putrides pour enfumer la plèbe,
Que de masques, que de vanités !

Mais
Si amer que soit le constat,
Si lentes à réagir que soient les stupeurs,
Ils se lèveront quelque jour. Ils – toi – nous – voteront.
Choix de vie – choix de voie – choix de droit.
Et si le temps perdu ne se rattrapera pas, il n'est pas fini.
Ce monde n'est pas fini.
Un enfant toujours naît au bon moment pour naître.
Celui-ci apportera sa pierre.

PARFOIS JE ME DEMANDE

Parfois je me demande…
En fait, je ne me demande plus !
Ces mots que j'écris depuis si longtemps
Ne disent rien… Ils ne passent pas hors l'encre qui les emprisonne,
Ces mots s'enlisent lentement recroquevillés dans l'aigreur du bocal opaque de mon subconscient.
Qui les a lus ? Qui les a appréciés ? Qui les a partagés ? Personne !
Nul ne m'en a dit, nul ne m'en a rapporté la moindre ponctuation,
Ni exclamation, ni interrogation, ni parenthèses, ni accent, rien !
Nul ne les a lus, il faut en convenir, ni parent, ni ami, ni curieux, ni haineux, ni toi !
Ou pire encore, lus et mis aussitôt au bûcher de l'oubli
Mauvais, aberrants, atterrants, insipides, inodores, insignifiants
Oui, pire encore, lus et sitôt méprisés et murés de silence et de morgue
Décapités, exfoliés, écharpés, ricanés,
Hum… pas glop pas glop ! Je n'ai pas de talent. Ma voix est sans écho et je n'existe pas.
Pas même en milligramme de pollen porté par le vent

pour irriter les narines du passant
Pas même en fumet malodorant comme issu du pet tonitruant d'un Auxois au labour !
Je n'existe pas.
Recroquevillé, escargot en coquille, je laisse trainer derrière moi une bave transparente qui sera effacée à la prochaine pluie.
Parfois je me demande
Si d'un pied aveugle et lourd de la vitesse du monde, je ne serai pas écrasé, rendu à la boue,
Si d'un instant à l'autre je ne serai pas piqué du bec pour la faim d'une nichée de corneilles,
Si du fond des âges je ne serai pas giflé par la plume d'un maître offensé de tant de sottises,
Si en quelque sorte l'inéluctable métronome du présent n'est que la juste mesure du rire aux pleurs,
Ou des bulles de champagne qui vont de la flûte aux lèvres tendues !
Ou des prières levées comme des épées pour vaines doléances !
Parfois je me demande

Si je suis là.

PIEDS NUS

Vivre encore

Pieds nus, marcher pieds nus
Plutôt qu'emprunter le sable des chaussures d'un autre ;

Vivre encore

Hiverner pour mieux revenir
Changé peut-être, moindre trace d'être,
Mais vibrer d'une enfance nouvelle,
Semer ses pensées aux myriades alentour
Qui s'affrontent de luttes séculaires ;

Vivre encore

Une heure, un jour, mille ans,
Ancré au quartz du temps
En croix, cloué, innocent,
Mais aimer simplement l'infini de l'éphémère ;

Vivre encore

Par-delà les limites connues
De la science et de l'autre, lumières
De l'arc-en-ciel s'épanouissent,
Par-delà les fronts obtus et les poings serrés
Sourdent en murmures isolés
Des idées loufoques, des mots qui se hérissent ;

Vivre encore

Du poids des photos fanées, du prix des sottises passées
Tel qu'en l'océan la volte des immondices,
Errer, mi-penaud mi-contrit
Comme un couillon privé de penser, privé de jouer, privé de jouir;

Vivre encore

De vie illuminée, de nuits étoilées, de terres émergées,
De valides ailleurs, de solides couleurs,
Pour en repeindre le sable et la mer,
Pour en repeindre le chemin éternel,
Et recommencer, autrement, la marche du temps

S'il plait à Dieu d'en signer le bail nouveau.

PRESQUE…

Presque…

Ce n'est pas assez ! Ce n'est pas une option possible.
Presque est insupportable, pitoyable, désarmant, terrifiant !
« J'ai sauté par-dessus le précipice, j'ai presque pu atteindre l'autre bord ! »
« Elle m'a presque fait l'amour… mais elle est partie, en promettant demain… »
Risible ? … Possible, mais jaune !
Plutôt ne rien faire que presque ! Plutôt être seul que presque accompagné !

Presque…

Presque est une utopie, une aventure irréfléchie,
Un ersatz de confiance en soi, de confiance en l'autre,
Un oubli du temps, un spasme du temps, un trou noir aspirateur de toutes masses,
Un trait sans union, un rêve tronqué, un deuil impossible, un éternuement si retenu que pleurent les yeux…

Presque,

Pour les blasés, pour les repus, pour les indécis…
« J'ai presque tout, j'ai presque tout vu du monde, je sais presque tout de l'univers… »
Or, l'essentiel n'est-il pas dans ce presque qui fait défaut ?

« Le candidat a obtenu 49, 9999999999999999 % des suffrages exprimés… il est presque élu ! »
« J'ai presque gagné le gros lot, à un chiffre près, je l'avais ! »

Presque,

Pour les optimistes, pour les courageux, pour les obstinés, pour les ingénus…
« J'y suis presque, encore un effort, encore un pas, encore un peu… »
Chacun sait que
Quelques secondes avant sa mort il était encore vivant…

Presque…

C'est déjà trop ! C'est un abus de pas assez ! C'est un non-lieu par défaut ! C'est un défi outrecuidant !
« J'ai presque trop bu… j'ai presque franchi la limite… j'ai presque tout misé sur le rouge… »

C'est presque rassurant, non ?

SANS BRUIT

Il est arrivé sans bruit…

N'avait-il donc de chemin que celui qui lacère son être ?

N'avait-il donc de destin que celui de fusible ?

L'intermédiaire entre nos folies, nos vanités, nos dérisions, nos déraisons, nos imperfections,

Et l'unité des univers, visibles et invisibles, connus ou réputés n'être pas.

L'Être, la vie, l'ingénieuse variété de la vie,

L'instant fétu où tout fut

L'incandescence finale,

Dieu.

Nul ne l'attendait plus… Ou si peu…

Jésus

L'Incarnation de l'idéal humain et de ses pires instincts,

L'ultime pacte d'amour, le chemin de ce jour,

L'absolue liberté sans retour,

L'abondance des déserts, l'envers des magots éphémères.

Si rien n'existe, plus intimes encore seront
Les prières sur le froid des pierres
Quand s'effacent les traits de la vie
Dès lors que la foi s'évapore…

Puisque Dieu ne se révèle pas,
Il est,
Il est plus encore
En nos neurones qu'en nos églises,
Il n'est encore de microscope électronique puissant assez
Pour atteindre l'espace sacré de la vie d'où il est
L'équilibre et l'allure…

SCULPTEUR DE PIERRES

Sculpteur de pierre
De l'âme du roc s'approche
De main experte, de regard savant
Et burine, gratte, lime, brosse, lustre
Jusqu'à extraire du sourire d'un enfant
L'étonnement béat, le bonheur…

Sculpteur de pierre
Seul à seul avec ses broches
Anime les ombres et les reflets
Qui lui parlent et lui disent comment,
Qui lui donnent ce bonheur de l'instant
Ou cette peur quand se brise en faiblesse
La veine jugulaire, la saignée lapidaire…

Sculpteur de pierre
Raconte
Aux vents de l'histoire les mots millénaires
De l'amour, de la guerre, de la mort,
Les mues, les schismes, les décollations,
Les misères, les honneurs,
Les fables, les prières,
La vie de l'Homme,
De douceur et pureté romane,
D'exubérance gothique,
Obélisque messagère,
Dalle mortuaire nue au sol des cathédrales,
Gisant accompli en son cortège de scènes familières
Ou géant en avant de son temps, maintenant giflé par les vents…

TGV

TGV, train des affaires
Trop lent
Au temps du quartz
Qui ne tictaque plus !

TGV, train des branchés
Oreillettes ancrées,
Écrans de chiffres et de flux électroniques
En guise de romans,
Sans amour.

TGV, train métro
Boulot, radeau
Des isolés qui s'ignorent,
Sans voisins ni confidents, concentré de voyageurs immobiles
Dans le défilé du flou des prairies au-delà,
Inutiles aux magies des saisons identiques
Imperméables aux bravos de l'enfant vers Margot,
Aux légers accrocs des boggies,
Indéridables hors leur image en écho.

TGV, vecteur
De son temps qui n'a plus le temps de prendre son temps,
Flèche qui fuse de part en part
La part du rêve,
Qui fuse vers l'oubli de l'instant, effacé, insipide,
Dont à l'arrivée, le souvenir n'en sera que « je n'ai pas joui »

UN DEUX TROIS

Un deux trois, goutte d'eau,
Un deux trois, goutte d'or,
Tombe du cœur, y'a erreur,
Tombe du corps, c'est la mort.

Un deux trois, pli de l'être,
Un deux trois, prix de l'or,
Caisse de bois, privé d'air,
Caisse de pierr', traits du sort.

Un deux trois, en déroute,
Un deux trois, tête qui fuit,
Un deux trois, s'arc-boutent,
Un deux trois, plis sur plis.

Un deux trois, mis au clou,
Un deux trois, par les pieds,
Un deux trois, par le cou,
Un deux trois, désossé.

Un deux trois, pli mortel,
Un deux trois, il fait froid,
Un deux trois, via l'autel,
Un deux trois, croix de bois.

Caisse de bois, c'est pour moi…
Caisse de pierr', c'est en terre !
Tu dis trois… mais trois quoi ? … ben… trois vers !
Vers de terre… vers de bois…

Y'ZONT HONTE DE RIEN

Yzont honte de rien

Tépafoutu de vivre de rien

Kanzeux y manquent de rien

Et qu'un p'tit jour passé par ci

Un p'tit coup de cent – cent mille oui –

In zepocket ! sket'as l'air bête !

Tépafoutu de croire à rien

Dis merci, fais pipi, vas au lit

Yveillent sur toi, Yt'aiment bien

C'est déjà ça !

Tépafoutu d'leur dire merci…

Ça t'gratte un peu ? C'est rien !

T'as l'bout du pied qui te démange ?

Takavoterkantudois

Taka takataka

Épicétout !

Siçapue

Tanpipoutoi !

UN MERLE M'OBSERVE

Perché sur une branche basse de mon cerisier

Un merle m'observe…

Sur le qui-vive, il me guette,

Son chant modulé de notes harmonieuses

M'adresse des phrases curieuses,

Des injures peut-être, ou des remerciements

Auxquels je réponds en sifflant,

Mais il semble n'entendre que le merle !

Un merle m'observe…

Il saute de branche en branche,

Picorant de ci de là quelques rescapées juteuses

Et comme je ne bouge pas,

Il s'enhardit, se rapproche un peu,

vole au-dessus de ma tête,

Puis s'en retourne à l'arbre d'où, de trilles assassines,

Il me défie, queue en l'air !

Un merle m'observe…

Mais que voit-il de son œil aiguisé ?

Quelque grossier épouvantail sans doute,

Un qui n'inquiète guère, un qui fiché en terre

Ne saurait le suivre en ses virtuoses glissés,

Ni surprendre la finesse de son intelligence !

Deux merles rient ensemble, puis trois, cinq, dix…

Ils se racontent des histoires drôles

Comme le font des amis un lendemain de bringue…

Mais les merles, soudain, ne rient plus

Et s'enfuient bien vite bien loin !

Car voici que s'approche F'toto, mon chat très cabot,

Expert « merlicide » de redoutable efficacité !

F'toto est mort, écrasé par une voiture ce 16 juillet 2014.

VOICI L'ÉCHO

Voici l'écho de l'éclair,
Un frisson qui s'empare du temps,
Un acquis qui plane jusqu'à nous
Hors les limites de l'instant,
Comme le doigt de Dieu,
Comme fugace le plaisir de jouir
S'efface en culminant.

Voici le chaloupé du tango,
Un bas qui traverse le champ,
Un bras qui chavire dans le dos,
Mesure du pas, étreinte du chant,
Comme les corps unissons
Se mesurent en s'aimant,
Comme les sangs « ébullis »
S'électrisent au bandonéon…

Voici la main, voici le rein,
Accomplis, aboutés deux par deux,
Un rien fiévreux, un rien curieux
De passer du tangible au secret,
Comme si la source vive de l'ivresse était là… sans fin,
Comme si l'illusion égalait le présent.

Voici la pierre gravée du nom,
Et les mots sanctifiés, et les traces passées,
Voici en ribambelle les volées de moineaux accrochés au ciel de lit,
Et les étoiles qui s'éclipsent de temps en temps,
Et des monceaux de terre fertiles qui s'abreuvent des morts…
Et la mire sur moi !

Voici le rien d'être, l'éphémère, l'égaré
Aux confins des prières instinctives,
Aux marges des ensembles harmonieux,
Comme le silence est aux apnées de vie,
Comme le pareil est aux antipodes de l'as,
Voici le tout d'être, l'éternel, le parfait
À chaque fois, voyage sans retour,
Ambitieuse rondeur,
Majuscule,
La vie.

ZUT

Zut !

Voilà t'y pas que je m'ai coupé la langue !

Pas beau, pas beau !

Tout ce sang qui inonde mon palais

Et fait de ma langue un drapeau de frondeur !

Zut !

Voilà t'y pas que je m'ai trompé de porte !

Pas beau, pas beau !

Tout ce sang qui inonde ton ruisseau

Et fait de ma langue un triste lambeau !

Zut !

Voilà t'y pas que l'endroit était à un autre

Jumeau, costaud !

Tout ce sang qui lui monte aux naseaux

Et fait de mon nez un sinistre tableau !

Zut !

Voilà t'y pas que je m'ai jeté dans l'eau !

Mes oripeaux

Tout troués de lames en couteaux

Ont fait chanter des glouglous d'oiseaux !

Zut !

Voilà t'y pas que suis mort en zéro !

Mais trois fois zéro !

Tout bouffé par d'horribles et poisseux bestiaux

Qui nagent heureux au fin fond des marigots !

BOURDONS EN NOTRE-DAME 11
ANGE GARDIEN 12
BÂTIE SUR LE SABLE 14
CRIER 15
BÉAT D'AMOUR 16
BOÎTE À MAGIES 18
CLAUDE 20
CONQUÊTES… 22
DIS-MOI 26
ÉCLORE 27
FRACTURE 28
IL N'Y A RIEN DE CERTAIN… 30
LA PLUIE SUR LES LILAS 31
INGÉNUE 32
LE CAMION RUTILANT 34
LE CHEVAL FOU 36
ITINÉRAIRES 39
LE SEXE TROUBLANT DES DAMES 40
LÉGÈRES 42
LES CAMELOTS DE LA FOIRE 44
MES AMIS 47
MUSIQUE ! 48
NOUER DES FILS 50
ORTIES 51
OÙ IREZ-VOUS ? 52
OUVRIR 54
SOIES BLEUES 55
PAR CONVICTION 56
PARFOIS JE ME DEMANDE 58

PIEDS NUS ... 60
PRESQUE… ... 62
SANS BRUIT ... 64
SCULPTEUR DE PIERRES ... 66
TGV ... 67
UN DEUX TROIS ... 68
Y'ZONT HONTE DE RIEN ... 69
UN MERLE M'OBSERVE ... 70
VOICI L'ÉCHO ... 72
ZUT ... 74

Bien plus bête que poète

Composition par Les Auteurs Libres, Thézan
Crédit illustrations : Joël Villin
Bernard Laureau
Imprimé par Pulsio pour Les Auteurs Libres

Dépôt légal : octobre 2014